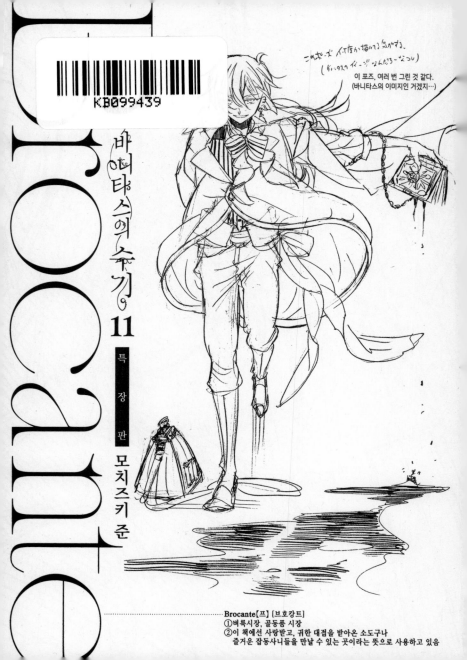

Brocante[프] [브호캉트]
①벼룩시장, 골동품 시장
②이 책에선 사랑받고, 귀한 대접을 받아온 소도구나
즐거운 잡동사니들을 만날 수 있는 곳이라는 뜻으로 사용하고 있음

Introduction

모치즈키 준의 독창성을 엿볼 수 있는

〈바니타스의 수기〉의 바니타스와 노에의 캐릭터 초기 스케치들.

2009년 11월—.

전작 〈PandoraHearts〉 연재 당시부터 구상해서 매일 그려온 〈바니타스의 수기〉의 두 주인공.

모치즈키 준이 캐릭터를 만드는 세세한 구축 과정,

디테일 조정, 창조의 고통,

고집이 도처에 가득 담겨있는 '낙서'.

2009년부터 2015년까지 스케치북 15권,

약 2000페이지에 빼곡하게 그린 스케치 가운데서 발췌한 농후한 그림과 필치.

또한, 모치즈키 준의 머릿속에서 움직이고, 시행착오를 거쳐,

변천되어가는 바니타스와 노에의 조형을 고스란히 즐기실 수 있도록

엄선한 그림들을 2009년부터 시간 순서대로 수록해 놓았습니다.

모치즈키 준의 코멘트와 함께 마음껏 즐겨주세요!

はずかしいよ!! 本人はすっっっごく

본인은 너~무너무 창피해!!

自分用に描いてた大量のラフをさらされて

자신을 위한 용도로 그려둔 대량의 러프 스케치가 공개되어

Comment

아직 '바니타스'라는 이름이 붙기 전
인 '그'의 원형. 전작 (PandoraHearts)
를 집필하면서 차곡차곡 그려둔 캐릭
터 중 한 명입니다. 이야기를 만들어나
가면서 성격 등은 변했지만 그의 이미
지의 근저에 자리한 것은 이때와 그닥
달라지지 않은 것처럼 느껴집니다.

Comment

교수라고 적혀있네요…. 교수…, 교
수…???? 이때의 설정이 어떤 것이었
는지는 거의 기억나지 않지만, 우산이
라는 모티브는 이 이후에도 계속 나옵
니다. 교수 옆에 있는 건 노에의 원형일
까요?

교수

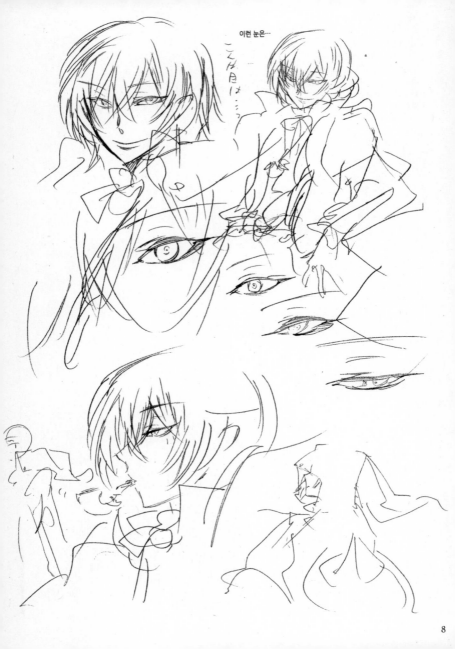

이런 눈은…

Comment

프랑스의 'Japan Expo 2010'에 초대받았을 때, 처음으로 외국 땅을 밟아보았습니다. 그때 방문한 몽생미셸에서 '작은 섬을 무대로 거기에 사는 인간들을 보호하는 양산 쓴 흡혈귀와 그 흡혈귀를 감시하기 위해 찾아온 청년의 이야기'를 떠올렸고, 그 두 사람이 최종적으로 지금의 바니타스와 노에로 변형되어 갔습니다.

Comment

초기에는 바니타스→흡혈귀, 노에→인간으로 스토리를 생각했습니다. 바니타스가 양
산을 쓰고 있는 것도 흡혈귀이기 때문이죠. 한가운데에 있는 그림은 '아──…, 모치즈
키 준이 좋아할 만한 디자인이네요──…'라며 제가 보면서도 살짝 웃음이 나왔습니다.
이런 실루엣은 지금도 너무 좋아합니다.

Vanitas

─ Comment ─

'Vanitas(바니타스)'라는 이름이 붙었습니다. 지금보다 나이가 좀 많아 보이네요. '요염하게 미소 짓는 규격 외 뱀파이어, 하지만 얼간이, 사랑에 빠진 바보', '푸른 달밤에 태어난 이단아, 흑발, 심해와 같은 눈동자→하얀 빛을 발하는 파란색으로 변한다', '바니타스 죽음의 상징'이라고 그림 옆에 메모가 적혀있었습니다.

두근
두근
두근
두근

처음으로
이름을
불러줬어…!!

アカラ～ア
아니야.

13

Comment

노에가 '노에'라는 이름으로 정해질 때까지 그에겐 임시 이름이 여러 개 붙었습니다. 체스터도 그중 하나입니다. 바니타스라는 낙관적이고 속을 읽을 수 없는 흡혈귀를 감시하기 위해 접근한, 고지식하지만 눈매는 날카로운… 하지만 살짝 맹한 사람— 그런 이미지로 그린 '인간 노에'입니다.

❶ 아까워라! ❷ 꿈은 연애 소설가예요. ❸ 단 걸 좋아합니다. ❹ 체스터 ❺ 가까움

체스터

펀치가
하나 더
필요해…

처진 눈

처진 눈

연애 소설가가
되는 게…

恋愛小説家に
なるのが…

幼い頃からの
夢でした……

발그레

어릴 적부터
꿈이었어요…

걸리적거려…

ズキズキと
こめかみ…

머릴 내리면
이렇게…?

Comment

초기의 노에는 상당히 연애뇌(타인의 연애를 보고 듣는 걸 좋아하는 타입)인 데다, 여성 이름을 필명으로 연애 소설을 쓰고 있다…라는, 지금은 상상할 수 없는 설정이 있었습니다. 연애뇌를 어디에 놓고 와버린 거지, 지금의 노에는…?? 험상궂은 생김새와의 갭을 만들고 싶었고, 다음 작품에는 연애 요소를 넉넉하게 집어넣고 싶었기 때문에, 아마 그것의 일환이었던 것 같습니다.

여기까지 바니타스와 노에라는 캐릭터를 생각해 왔는데, '왠지 너무 똑 떨어져…, 재미가 없어…, 있는 그대로 말하자면 평범…'이라며 자꾸만 벽에 부딪히고 말았습니다. 이 두 사람은 버디물로서 홈즈와 왓슨도 참고한 것인데, 그 당시 담당자에게 상의했더니 '홈즈와 왓슨의 입장을 거꾸로 뒤집어보는 건?'이라고 조언해줘서, '머리가 샤프하고 거만한 태도를 취하는 쪽=바니타스가 인간이고, 상식적(이 시점에는 상식인이었습니다)이고 인간 세상에 완전히 적응해버린 (이때는 그랬습니다) 쪽=노에를 흡혈귀로 만들라는 뜻…? 그건… 대단히… 재미있을 것 같은데??'라며 시야가 확 트인 듯한 기분이 들었습니다. 그 당시 담당자의 조언에는 정말로 감사하고 있습니다.

고양이 속성

아직도 좀 아니야…

꼬리처럼

연령대를 낮춤

헤어밴드

도련님
같음

Comment

노에가 흡혈귀가 되면서 비주얼을 새롭게 바꾸고 싶어졌고, 그 당시 제가 푹 빠져
있기도 해서 암갈색 피부를 가진 캐릭터로 변경했습니다.

노에의 헤어스타일을 어떻게 하느냐를
두고 고민, 또 고민하고 있음….

히메컷

그것이 바로
셀렘이라는 겁니다.
바니타스

가까운가…?

sketch book

Comment

모순적이지만 무슨 심정인지는 너무 잘 알 것 같다….

심플하게
치렁치렁하게
만들고 싶다

아니야!

신장 차이는 이 정도…

21

Comment
헤어스타일,
마구 헤매고
있네요.

아니야—

먼저 짚고 넘어가자면, 노에의 캐릭터
디자인에서 안경이 사라질 때까지 기본
적으로 상식인 포지션(태클 담당)은 노
에입니다. 다시 한번, 상식인 포지션은,
노에입니다.

유후~우!!

대가릴 뽀개버리세요!!

지금이에요,
바니타스.

Comment

흡혈귀였던 때의 바니타스에게 원숙한 분위기를 내주고 싶어서 파이프 담배
를 피우게 했는데, 인간이 되고도 여전히 들고 있네요. 체인에 연결해서 목에
걸고 다니는 게 마음에 들었습니다.

もうな…
좀만 더…

ちかっ
아니야

ちかっ
아니야

가까운가…?

① もうお面とかでもいいんじゃ…?

ジー
쿠ー궁

① 그냥 가면을 씌워버려도 괜찮지 않을까…?

片目は…
한쪽 눈은…

ないか…
아닌가…

Comment

양산을 쓰고 있는 바니타스의 그림이 좋아
서 그가 인간이 된 후에도 많이 그렸습니다.
흡혈귀였던 때의 아이템을 그대로 쥐여줌으
로써 '흡혈귀는 바니타스 쪽'이라는 미스리
드를 노리기도 했죠.

작품의 제목 후보로 '바니타스의 우산'을 내
놓은 적도 있는데, 임팩트가 약하다고 탈락
해 분한 마음이 좀 들었답니다. 뭐, 임팩트
가 약하다는 건… 잘 알지만.

발

아빠

쿠—궁

Comment

어느 순간, 갑자기 암갈색 캐릭터에 푹 빠졌는데, 갈색=쾌활, 와일드한 인상이 강한 것인지,
좀처럼 내 취향의 캐릭터를 만날 수가 없어서 '그럴 바엔 그냥 내가 그리자'라며 피부 노출
을 극한까지 줄이고, 예의 바른 존댓말 캐릭터(하지만 때때로 괄괄)로 만든 것이 노에입니다.
동지여, 늘어나라!! 라는 염원을 담으며 그렸습니다. 안경에 관해선 '갈색 캐릭터는 안경 비
율이 낮지'라고 느껴서 씌운 건데, 이 안경에 집착해버리는 바람에 작가는 나중에 호된 꼴을
당하게 됩니다.

下は
ぱっつん

밑은 짤뚱

Comment

캐릭터를 만들 때는 한 명을 완성시키고 나서 다음으로 넘어가는 게 아니라 여러 명을 동시에 생각하며 각각의 관계성과 성격, 외모를 조정해 나갑니다. '바니타스의 수기'는 바니타스와 노에의 이야기라, 제가 납득 갈 때까지 줄기차게 그들의 파워 밸런스를 계속 꼬물딱거렸습니다. …다만, 아무리 세밀하게 설정을 정해놔도 막상 콘티에 들어가면 작가의 상상과는 다른 행동을 벌이는 캐릭터가 많아서 최종적으론 '만화에서 움직여보지 않고선 알 수 없다'라는 체념에 가까운 감정이 듭니다.

뭐가
아닌 거지…?

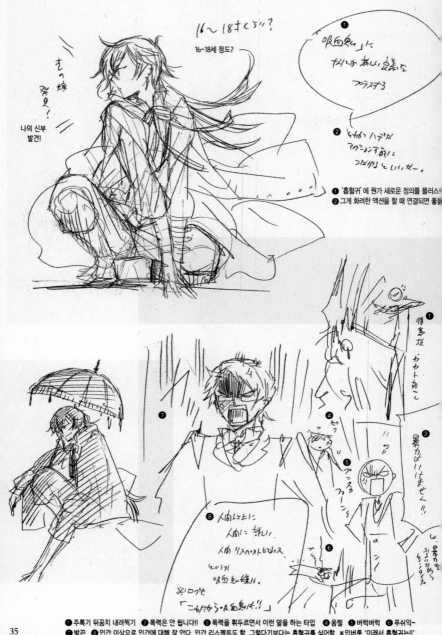

❶ 주특기 뒤꿈치 내려찍기 ❷ 폭력은 안 됩니다!! ❸ 폭력을 휘두르면서 이런 말을 하는 타입 ❹ 움찔 ❺ 버럭버럭 ❻ 푸쉬익~
❼ 발끈 ❽ 인간 이상으로 인간에 대해 잘 안다. 인간 리스펙트도 함. 그렇다기보다는 흡혈귀를 싫어함. ※입버릇 '이래서 흡혈귀는!!'

요소들을 바꾸지 않고
좀 더 젊게
만들고 싶다…

바니와 반대쪽 눈을
가려본다.

아, 가까운가?

하지만,
바니타스…

안경이
없는 편이
나은가…?

어딜 손봐야 할지
모르겠다….
하지만 이제
한 걸음만 더…

조슈아

좀 더 마른
몸으로
만들까?
홀쭉이?

쿠─궁

❶ 검은 코트를 입는다면 바지도 검은 게 좋을一…? ❷ 좌우간 화를 잘 냄. 처음에는 말리는 쪽이었지만.

37

バニニA2

바니타스

Comment

바니타스도 노에도 이미지가 상당히
굳어지기 시작한 것 아닌가? 라고 생
각했는데, 아직 이 책자의 4분의 1 정
도인 페이지 수를 보고 '왜…??'라는
표정을 짓고 있습니다.

sketch book

2011.10.24〜2012.03.04

이 무렵의 노에는 지금 다시 봐도 꽤 좋습니다. 성격은 쿨한 편이고, THE 태클 담당이라는 전혀 다른 포지션이지만.

이건

어떨까?
야차,
이미 했나…?

…푸핫.

…푸핫.

…식후?

…걱정돼요.

요, 씨ㅁ!!

으랏차!!

불끈

이러니저러니 해도
호흡이 잘 맞는
두 사람

뒤쪽은
스트라이프

Comment

바니타스의 방향성은 분명 이게 맞는데,
뭔가 느낌이 딱 오질 않고, 하지만 어딜
바꿔야 하는지도 모르겠어서 답답해하
던 시기네요, 아마도.

여기에
붙어있음

멋쟁이 이미지

네?

조끼와
상의가
일체.

진부하게
로켓?

어차피 난…
흡혈을
잘 못 하니까…

피어싱, 모래시계여도
괜찮을지도

Comment

바니타스가 달고 다니는 모래시계 피어
싱이 등장했습니다. 그 당시 '모래시계,
피어싱'으로 검색해봐도 거의 안 나와서
누가 좀 만들어주면 안 되나―라고 생각
하며 그렸습니다.

バイト
알바 중

オーダー入りました
주문
들어왔습니

43

이번에는 이름이 요한으로
바뀌었네요.

꼬맹이 요한

눈.
옛날로 돌아가도
눈에 띌지도?

Comment

한 장의 그림에서도 움직임이 잘 전달되기 때문에
자주 흔들리는 부품을 달아줍니다.

44

끄으응...

혁

폼이 안나

뻗친 머리 없음

Comment

머리카락이 뻗쳐있지 않은 바니타스.
개인적으론 무척 내 취향이지만, 주인
공으로선 임팩트가 좀 약해서 탈락.

부글부글
부글부글

와아, 이 남자,
그냥 확 날려버리고 싶다.

샤프함 증가

주특기는 뒤꿈치 내리찍기
(욱하면 반사적으로… 날아옴)

좀 더 실루엣이ㅡㅡ…

졸려…

흑발

곤란합니다

곤란해요~

Comment

흑발이 너무 좋아서 노에의 흑발 ver에도
마음이 끌렸지만, 바니타스와 노에가 나
란히 섰을 때 각 파트의 색깔(명도)이 반
대가 되게끔 만들고 싶었기 때문에 당연
히 탈락시켰습니다.

'뭔가 납득이 안 가는' 상태가 계속된 결과, 바니타스가 방향을 잃어버렸습니다. 머리를 전작 캐릭터처럼 묶어보기도 하고, 처진 눈으로 만들어보기도 하고, 이것저것 시도해보고 있습니다.

히메컷 버전

일단 무너뜨린다...

처진 눈도…
괜찮네!

좀만 더 하
뭔가 잡힐
같기도…

49

더벅머리 버전

Comment

오랜만에 만난 친구에게 차기작 캐릭터 때문에 고민하고 있다고 말하며 오른쪽 페이지의 그림을 보여줬는데, 돌아온 감상은 '아~, 네가 좋아할 만한 캐릭터네 ~(웃음)'이라는 것이었습니다. 분명 (웃음)이 달려있었어···. 분명히 들었어···. 당연히 주인공에겐 제가 좋아하는 요소들을 많이 집어넣고 있지만, 그래도 뭔가 느낌이 안 온다, 부족하다, 라고 느끼고 있는 것에 대한 답이 그 친구의 말에 담겨있는 것처럼 느껴졌습니다. 그래서 '그럼 반대로 너라면 어떤 주인공이 보고 싶어?'라고 질문했고, 친구의 지시대로 그린 것이 이 바가지머리 ver. 바니타스입니다.

Comment

친구가 적극 추천한 '바가지머리 주인공'인데, 역시 제 이미지와는 너무 동떨어져 있어서 그대로 채용하지는 않았습니다. 하지만 저한테션 안 나왔을 이 의견은 대단히 신선해서, 이걸 바니타스에게 잘 적용하면 '평소의 모치즈키 준'으로부터 반걸음 정도 발을 내디딘 캐릭터가 나오지 않을까, 하고 진지하게 바가지머리 요소를 들여다보게 됩니다.

ロリコンでは
ない!!!

ロリ콘이
아니야!!

自分は

나는

2つの恋
두 개의
사랑

キリク
빠릿

54

❶ ·중성적인 얼굴 ·강함, 브레이크 타입(스피드 & 테크닉) ·머리는 샤프하지만 바보. ·'~잖나', '~그렇지 않나?'라며 약간 잘난 척하는 말투를 씀. ·제멋대로 마이페이스 ·독백은 입력 안 함 ·좌우가 상남자로 만드다! ·전전긍긍하지 않는다 포지티브 ·부정적인 감정이 겉으로 드러나는 경우는 거의 없지만, 속은 또

170〜175cm
くらい.

170~175cm
정도.

뻗친 머리와 히메컷의 공존을
목표로 노력하고 있네요.

이 정도
히메컷이
더 재미있을까ー?

バニ씨, 決まりません～

バニ씨,
결정이
안 나네요….

지금 이런 상태로는
애한테 잡아먹힐 듯…!

앗—
나의 신부!!

❶ 그러니 연인 한 명도 안 생기는 거야, 당신으으응!! ❷ 아니야…, 으~음… ❸ 으~음… ❹ 가끔 입이 험해진다. ❺ 세팅하기 전에는 실루엣 동그스름. ❻ 쑤스~ ❼ 옛날에 형제들에게 괴롭힘당하다가 생긴 흉터를 앞머리로 가리고 있음. 혹은 흡혈귀가 되었을 때? 소유물의 증거? ❽ 그만하세요.

あ、ここを
どう為て？

あ、これは
어떤가?

59

흡혈귀 기사단

Comment

헤어스타일이 지금의 형태와 많이 가까워졌습니다. 여기서부턴 바니타스의 옷 실루엣을 두고 끝도 없이 고민하는 턴이 시작됩니다.

아직 등신이
높은가…?

Comment

이쪽 노에로 말할 것 같으면, 스케치북에는 P.71의 그림과 같은 페이지에 그려져 있던 것인데 억지로 여기에 욱여넣었길래 '편집자님…, 그렇게 해서까지 이 책자에 싣고 싶었구나…'라고 짐작하고, 체크할 때 X표를 치지 않았습니다.

黄 王族の ファル什...んたい几しア圀ら?...

옛날 왕족의
이 형태를
써보고
싶은데...

もと はっきりに
什るたう。

좀 더 또렷하게
만들면 이렇게.

吸血兒のお医者さん。

흡혈귀 의사.

평범한 망토

Comment

앞으로 세 걸음 정도… 멀다….

바니타스

앞으로
세 걸음…!!

눈,
보라?
청록?
빨강?
검정?

70

もうちょい差あるかな

좀 더 차이가 나나?

뒤가
망토인 것도
괜찮나…?

로코코 느낌

セバスチャン

세팅하기 전

바니타스가
굳어지면
다시 요한이
부족해지고
루프…!!

앗,
나쁜 생각을
하고 있군…

후훗~?

73

웅글

웅글

쯧···

졸려···

잘 흘러내림

Comment

이제야 겨우 코트 라인이 둥그스름해지
기 시작했습니다. 캐릭터를 만들 때는
실루엣만 나와도 그것이 누구인지 알 수
있게끔 유의하고 있습니다. 특히 바니타
스는 딱 봤을 때 무언가 마음에 걸리는
부분이 남는 디자인으로 만들고 싶어서,
좀 이상한 이야기지만 '지나치게 깔끔하
게 정리되어있는' 건 피하고 싶었어요.

전투는 가진 걸 뭐든지 사용하며 싸우는 스타일.

그림자 속의 괴물.
바니타스의 본질?

역시 흡혈귀라면
벽에 설 수 있을까…?

スボンも
おりコールよな方が
かわいいかな…?
あとヒザ下の紐が
キワ立かに…

바지도 볼륨이 있어야 더 귀여울까…?
그리고 무릎 밑에 말랐다는 게 두드러지네…

吸血鬼を絶滅から救う話

ヴァニタスという人間の医者が
吸血鬼を救う話

❶ 무슨 소릴 하는 거예요? 바니타스! ❷ 깔깔깔깔
❸ 이렇게 말했어. ❹ 흡혈귀가 멸망하면 너도 죽겠지!
❺ 제가 확실히 몸은 흡혈귀지만,
❻ 마음은 명명백백한 인간이에요!
❼ 그러니 사라지지 않아! 괜찮아!! ❽ …호오ー. ❾ (따뜻한 눈)
❿ 흡혈귀 따윈 멸망해버려. ⓫ 죄다 없어져버리면 돼

흡혈귀를 멸종으로부터 구하는 이야기
바니타스라는 인간 의사가 흡혈귀를 구하는 이야기

'아뇨'
'NO'를
아니야
라고 대답하는
이미지.

죽을 때
씩씩하고
무신경

다시
이 아이가
잘 안 그려지기
시작했다.

덩그러니…

바니타스의
과거 이미지가
점점 어두워지기
시작한다….

❶ ※화 안 났어.　❷ 뜨아아아　❸ 안경, 안경　❹ 너, 사실은 눈이 나쁜 거야?!　❺ 흡혈귀 주제에!!
❻ 눈매가 이 정도로 사나워야 캐릭터가 살까?　❼ 하얀 코트를 입으면 괴짜 같을까~?　❽ 바보 2인조

ハン(イロ) ⟶ あつこタス

・若をこまやたくせい、かかわりたくせいと
思われるも、興味を持つ。

요한(임시) → 바니타스
· 휘말리기 싫다, 엮이고 싶지 않다고
생각하면서도 관심을 갖는다.

舞台
○ パリ (→昔前か) → かとう 時々 異空間
○ 現代 (キャラは日本) → かとう 時々 異
○ 実は 異世界

무대
· 파리(좀 옛날의) → 거기서 때때로 이공간
· 현대(아예 일본) → 거기서 때때로 이공간.
· 완벽한 별세계

パリ だけど
← 城のように
「吸血鬼の住む」
建物もある
(一般に)
いるような
世界とか。

파리지만, 당연히 '흡혈귀'의 존재가
인정되고 있다(일반인들한테도)
패럴렐 월드라든가.

なにか
？

뭔가 문제라도?

ジ
ル
ジ
ル 질
ジ
ル 질

「吸血鬼」という存在の誕生、定義。
どう変るか。

'흡혈귀'라는 존재의 탄생, 정의.
어떻게 바꿀 것인가.

· その世界において「吸血鬼」は
人間に認知されている存在か？
伝説上の隠れた存在か？

· 그 세계에서 '흡혈귀'는 인간에게 인지되고
있는 존재인가? 전설상의 숨은 존재인가?

점을 찍으면
요소가
너무 많나?

ラーメン…

으——음…

섹시한 맛은
커질 것 같은

○ヨハン
○ルカ
○チェスター
○クラウス
○ルラ
○ウイリム (ウル)
○ベネディックス

・요한
・루카
・체스터
・클라우스
・루
・윌리엄(윌)
・베네딕트

이 사람
혹시
채식주의
아닌가.

← 바지.
물떼새 격자무늬 + 그러데이션 톤은
어떨까?

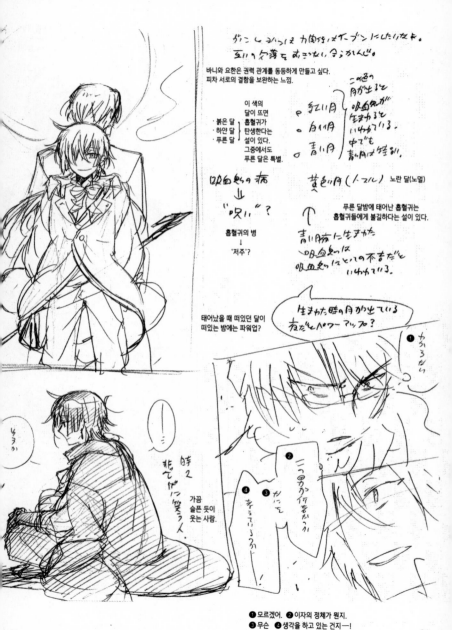

바니와 요한은 권력 관계를 동등하게 만들고 싶다.
피차 서로의 결함을 보완하는 느낌.

이 색의
달이 뜨면
· 붉은 달
· 하얀 달
· 푸른 달
흡혈귀가
탄생한다는
설이 있다.
그중에서도
푸른 달은 특별.

흡혈귀의 병
↓
'저주'?

푸른 달밤에 태어난 흡혈귀는
흡혈귀들에게 불길하다는 설이 있다.

태어났을 때 떠있던 달이
떠있는 밤에는 파워업?

가끔 슬픈 듯이
웃는 사람.

❶ 모르겠어. ❷ 이자의 정체가 뭔지.
❸ 무슨 ❹ 생각을 하고 있는 건지—!

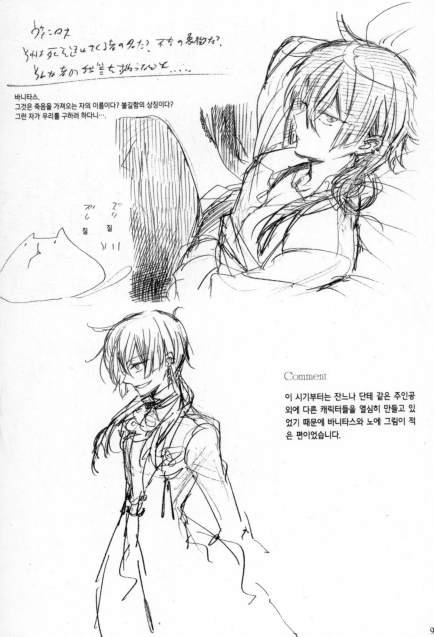

바니타스.
그것은 죽음을 가져오는 자의 이름이다? 불길함의 상징이다?
그런 자가 우리를 구하려 하다니….

질 질

Comment

이 시기부터는 잔느나 단테 같은 주인공
외에 다른 캐릭터들을 열심히 만들고 있
었기 때문에 바니타스와 노에 그림이 적
은 편이었습니다.

목, 어렵네…

자,
나와 함께 춤추자!

vanitas

자신이 쓴 글씨를 이해하지
못하고 한참 동안 머릴 싸
매고 있었습니다. 아마 그림
의 실루엣에 대해 '동글'이
라고 적어놓은 것 같습니다.

동글

바니타스
· 태양 실어함 · 빈혈 기운 · 야행성
· 병(저주) 보유자. · 피부가 엄청 하얗다.
· 저혈압?(잠에서 깼을 때 기분이 안 좋음)
· 걸핏하면 잠듦

· 사랑을 하고 싶다.
· 잘난 척하며 말한다.
· 뛰면 지친다

헉…

비틀…

비틀…

후드 버전

뭐가
부족한 거지…?
요염함??

여성스러운 라인

フード　후드
(笑)　（웃음）

医者（自称）らしく白衣は　どうだろう。

의사(자칭)답게
백의는 어떨까?

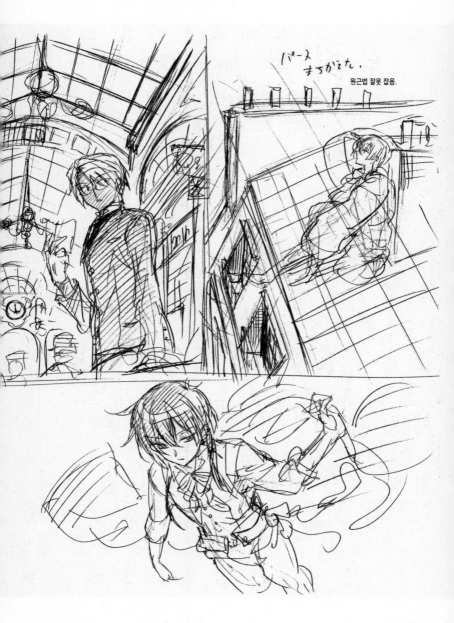

パース
まちがえた。

원근법 잘못 잡음.

'검은 손의 의사'
장갑의 이미지인데.
진짜로 까만 것도 괜찮을까??

「黒い手の医者」

긴 장갑

까만 손
주?)

이런 표정을
지을지는
모르겠지만.

눈이 점

주눅 든 상태

110

救ってやる。お前は
お前達の希望に囚われない。

구원할 거다. 나는 너희들을
너희의 의지와는 상관없이

sketch book

2013.06.20～2013.10.21

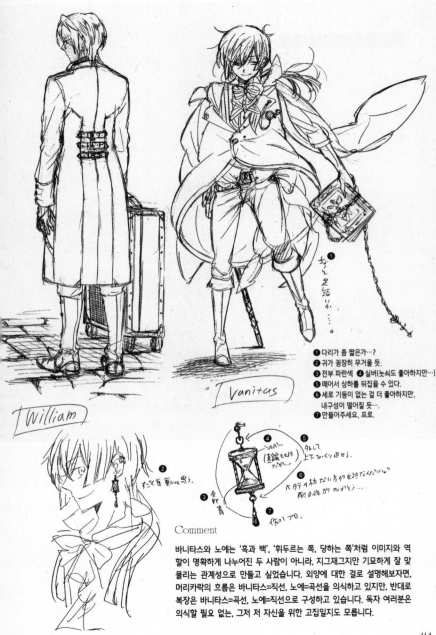

Vanitas

William

① 다리가 좀 짧은가…?
② 귀가 굉장히 무거울 듯.
③ 전부 파란색 ④ 실버(놋쇠도 좋아하지만…)
⑤ 떼어서 상하를 뒤집을 수 있다.
⑥ 세로 기둥이 없는 걸 더 좋아하지만,
　내구성이 떨어질 듯….
⑦ 만들어주세요, 프로.

Comment

바니타스와 노에는 '흑과 백', '휘두르는 쪽, 당하는 쪽'처럼 이미지와 역할이 명확하게 나누어진 두 사람이 아니라, 지그재그지만 기묘하게 잘 맞물리는 관계성으로 만들고 싶었습니다. 외양에 대한 걸로 설명해보자면, 머리카락의 흐름은 바니타스=직선, 노에=곡선을 의식하고 있지만, 반대로 복장은 바니타스=곡선, 노에=직선으로 구성하고 있습니다. 독자 여러분은 의식할 필요는 없는, 그저 저 자신을 위한 고집일지도 모릅니다.

반대쪽에서 보면 이미지가
살짝 달라진다.

바니타스

부글
부글

월의 강직함을
동경하고 있지
가끔은
너무 눈부셔서
성질이 남.

Comment

이런 걸 그릴 여유가 있다면 당연히 원고는 제대로 제출했겠지만, 용케 끝마쳤네…라고 20대의 무모함과 체력이 눈부시게 느껴졌습니다.

① 바니타스는
그 위에 있는 다ㅔ
② 우당쿵탕 우당쿵
③ 시끄러!!
④ 마셔볼래?
⑤ 초롱초롱
⑥ …쿡.
⑦ 바들바들
⑧ …가게 안,
구경하고 싶어??
⑨ 그렇게 해!

① 罠がゆえなら カベも壊せばいいんだって

② が?

③ サヘ血撲りなイメージがれいけ。やはり血撲衝動りあたうか

④ ゴッゴッ ゴッ

⑤ 芳

⑥ どっかの王紀撲 ちゃっ

⑦ か"だ かっこいい!

⑧ 血を美味しいと 思ってしまうこと 嫌悪してい???(過去のトラウマ??)

⑨ 呂

⑩ 芳

⑪ 困

⑫ 本

⑬ 明るい?

⑭ くらくら

⑮ 怒

⑯ くるくる

ペ이 없으면, 벽을 부수면 돼. ❷아앙? ❸월은 피를 싫어하는 이미지지만, 역시 흡혈 충동이 있었다거나 ❹쿠구구구구 ❺어머나, 멋있다. ❻어딘가의 왕비님 같아.
❼분노 ❽↑피가 맛있게 느껴지는 걸 혐오하고 있다?? (과거의 트라우마?) ❾고통 ❿책 ⓫책 ⓬책 ⓭쑥스러움? ⓮빙글빙글 ⓯빙글빙글

118

❶ —왜 내 주위에는 이런 괴짜밖에 없는 걸까—
❷ 엇? ❸ 괜찮아. 당신도 충분히 이상하니까.
(단) / 안심해

의사 가방!

내가 왜 당신을
보살펴야 하는 겁니까!!

당신?
댁?
(가끔 '네놈'…, '너')

난 당신의 보호자가 아니라고!!
이리 오지 마!!

sketch book

揺れるパーツしかない!!

흔들리는 부품밖에 없다!!

何 言ってんの?

무슨 소리를 하는 거야?

ふわぁ…

둥실, 하는 공기 느낌이 중요한 캐릭터라고 생각함.

実際にこんな服着たら素早く動けないだろうけど。

실제로 이런 옷을 입었다간 잽싸게 움직일 수 없겠지만.

男の血吸うくらいなら こういうネズミに かぶりつきますよ。

얼굴.

얼굴.

사내놈 피를 빨 바에는 차라리 이 근방에 있는 생쥐를 물어뜯을 거예요.

섹시한 시선으로 만들려고 생각함.

パヾで
出てきた 낙서

툭 튀어나온 그림

メガネ
안경

なくす…!?

없앨까…?

Comment

이제 이 책자가 끝날 것 같은 타이밍에 드디어 노에가 안경을 벗었습니다…! 이 유는 어시스턴트들의 평판이 항상 별로였기 때문입니다. 안경을 벗겨본 결과…, 분하지만 착…하고, 깔끔하게 착지한 듯한 느낌이 들었습니다. 아마도 저는 '갈색 캐릭터는 안경 비율이 낮으니까 꼭 채용하고 싶다'라는, 굳이 집착하지 않아도 되는 부분에 너무 깊이 사로잡혀있었던 거겠죠.

sketch book

Comment

안경을 벗김으로써 노에의 비주얼은 거의 결정되었지만, 그와 동시에 '이 노에는 이제껏 구상했던 노에와는 성격이 다르지 않을까?' '태클 역할이라기보다는 원래 맹하지 않을까?'라는 의문이 떠오르기 시작했고 '맞네, 맞아'라며 수정을 더한 결과, 쿨한 타입과는 거리가 먼 현재의 노에에 도달해버렸습니다. 제 마음 속에서 이미 이 노에에 납득이 가버렸기 때문에 더는 어쩔 수가 없었습니다. 이 때문에 연재 개시를 코앞에 둔 타이밍에 바니타스(와 주로 도미니크)의 성격, 행동을 노에에게 맞춰 리셋할 필요가 발생했습니다. 상식을 겸비한 사람이 노에 옆에 있지 않으면 이야기가 돌아가지 않게 된 것이죠.

지금의 도미니크가 되기 이전의 그녀에 대해선 기회가 닿으면 언젠가 다시 어딘가에서….

Comment

여기까지 봐주셔서 감사합니다!

Postscript

〈Brocante〉를 구입해 주셔서 감사합니다.

이렇게 똑같은 그림이 줄기차게 실려있는 러프 스케치집,

보면서 과연 재미있을까? 라고 기획 단계에서 심약해졌던 모치즈키지만,

편집자님이 '캐릭터가 완성되기까지의 과정을 알 수 있다는 게 재미있다' 라고 말해줘서,

그래, 그런 콘셉트라면 뭐… 괜찮을 듯… 이라며,

과거의 스케치북을 다시 마주 볼 각오가 섰습니다.

이 책자는 감탄의 한숨이 나오는 미려한 스케치가 실린 책은 아니지만,

적어도 모치즈키가 무엇을 생각하고

바니타스와 노에를 지금의 형태로 만든 것인지 전달되게끔,

당시의 기억을 되살리며 코멘트를 넣어봤습니다.

조금이라도 재미있게 봐주셨다면, 과거의 모치즈키도 '앗싸―' 라며 기뻐할 것 같습니다.

2024.03 모치즈키 준

(바니타스)
그림 : 노에

바니타스의 수기 11 특장판

Brocante

저자 Jun Mochizuki

번 역 : 오경화   발행인 : 황민호
콘텐츠1사업본부장 : 이봉석
책임편집 : 윤찬영/장숙희/조동빈/옥지원/이채은/김다영/김성희
발행처 : 대원씨아이
서울특별시 용산구 한강대로15길 9-12 전화 : 2071-2000 FAX : 797-1023 1992년 5월 11일 등록 제1992-000026호

979-11-7288-033-0

to be continued...?